LA

SŒUR DE CHARITÉ

AU XIXE SIÈCLE

POÈME

PAR CLAUDIUS HÉBRARD

Avec un Portrait de la sœur Rosalie

PARIS
OLMER, LIBRAIRE-ÉDITEUR
RUE BONAPARTE, 68
A LA LIBRAIRIE SAINT-JOSEPH
1859

LA

SŒUR DE CHARITÉ

AU XIXe SIÈCLE

Ouvrages du même auteur :

LES SOURCES VIVES. *Poésie et charité.* 1 beau vol. in-8 de 500 pages. — Prix : 6 fr.

Ce volume contient les principales allocutions poétiques prononcées par l'auteur dans les sociétés populaires de Saint-François-Xavier, et dans un grand nombre d'assemblées charitables.

JOURNAL DES BONS EXEMPLES ET DES ŒUVRES UTILES, paraissant du 1er au 5 de chaque mois par livraisons de 4 feuilles in-8, et formant à la fin de l'année un beau vol. de 700 pages. Prix de l'abonnement : 8 fr. par an. — On s'abonne : *à Lyon*, chez MM. Girard et Josserand, libraires-éditeurs, place Bellecour, 30 ; *à Paris*, à la librairie Saint-Joseph, rue Bonaparte, 68.

Ce journal, approuvé par un grand nombre d'Évêques et soutenu par les plus honorables sympathies, compte aujourd'hui huit années d'existence et de succès mérité. Il a sa place marquée dans toutes les bibliothèques et dans toutes les familles où l'on a le sentiment du beau et le goût du bien.

PARIS. — TYP. J. CLAYE, RUE SAINT-BENOIT, 7.

SŒUR ROSALIE

Fille de la charité de St Vincent de Paul.

LA

SŒUR DE CHARITÉ

AU XIXE SIÈCLE

POÈME

PAR CLAUDIUS HÉBRARD

> Aimez, si vous voulez qu'on vous aime.
> Si vous n'avez rien, donnez-vous vous-même.
> (*Pensées de la sœur Rosalie.*)

Avec un Portrait de la sœur Rosalie

PARIS

OLMER, LIBRAIRE-ÉDITEUR

RUE BONAPARTE, 68

A LA LIBRAIRIE SAINT-JOSEPH

1859

La Sœur de charité au XIXe *siècle,* tel était le sujet proposé par l'Académie française pour le prix de poésie qu'elle a décerné au mois d'août 1859. Ce sujet, heureusement choisi, devait plaire aux poëtes; aussi, jamais l'Académie ne s'est trouvée en présence d'un concours plus brillant et plus nombreux. Les préférences de la docte assemblée se sont arrêtées sur un poëme assez court, mais plein de mouvement, de sensibilité vraie, de grâce simple et naturelle.

Ce poëme, œuvre d'une institutrice, Mlle Ernestine Drouet, est loin, malgré les qualités qui le distinguent, d'avoir épuisé un sujet qui est toute une épopée, si l'on se rend bien compte des immenses services rendus à la société par les humbles filles de Saint-Vincent.

Il y a donc place encore pour les pièces de poésie envoyées au concours de l'Académie, et privées de ses couronnes; surtout pour celles où le poëte se montre moins artiste que chrétien, et loue la sœur de charité, comme elle aime à être louée, avec les accents d'une foi vive, avec les élans d'une charité vraiment catholique, puisant aux mêmes sources que ces pieuses servantes de Jésus-Christ.

Sous ce rapport, quel poëte de nos jours a donné plus de gages de son adhésion pratique à toutes les vérités de la foi, à tous les préceptes de l'Église, que l'auteur du poëme que nous sommes heureux de publier aujourd'hui, et qui couronne si dignement un apostolat de vingt années, exclusivement consacré à célébrer, dans le plus beau langage, toutes les associations pieuses et charitables? Il serait difficile, en effet, de citer une initiative utile à laquelle M. Claudius Hébrard n'ait prêté, avec un entier désintéressement, le concours de sa parole convaincue et toujours si sympathiquement écoutée.

La bonne sœur Rosalie, qui le rencontra souvent sur le chemin de ses bonnes œuvres, se plaisait à l'encourager dans la noble mission que s'est tracée son talent. Nous croyons donc aller au-devant des désirs de tous les cœurs chrétiens, en éditant à part cette poésie remarquable du barde populaire des sociétés de Saint-François-Xavier, dans laquelle on retrouvera toutes les ardeurs généreuses qui lui dictent habituellement ses vers.

8 septembre 1859.

LA

SŒUR DE CHARITÉ

AU XIXe SIECLE

I

De la nature, en maître, explorant le domaine,
L'homme, par un travail plus prompt que réfléchi,
Brusque le terme heureux où ce siècle le mène ;
Les têtes pèsent trop ; tous les corps ont fléchi.
Jamais l'âpre calcul, l'étude dévorante,
N'éteignirent soudain tant de cœurs impuissants,
Tant de cerveaux usés, dont la fibre brûlante
Éclate sous l'effort de l'esprit et des sens.

Dans les immensités des cieux et de la terre,
Les éléments par nous sont tous interrogés;
Un secret pénétré nous découvre un mystère :
Les plus fiers sont encor les plus découragés.....
La souffrance est au fond de nos rares victoires;
De nos vœux les plus chers le sort se fait un jeu;
Malgré tant de combats, malgré tant de déboires,
Le monde a notre encens, nos oublis sont pour Dieu...

De l'Être souverain, principe et fin des êtres,
Beaucoup savent le nom, combien savent ses droits?..
Des uns, Jésus reçoit le faux baiser des traîtres,
Le salut du bourreau qui l'attache à la croix;
D'autres se font un lit de leur indifférence,
Et, du bien ou du mal alternant le conseil,
Ne composent ainsi leur douteuse existence
Que de nuits sans étoile et de jours sans soleil.
Quelques-uns, de la foi sauvant des étincelles,
De l'immortelle vie ont l'instinct soucieux;
Mais ils gardent leur chaîne en essayant leurs ailes,
Et d'un vol tourmenté s'élèvent vers les cieux....
Qui nous dégoûtera de nos fausses sagesses?...
Qui nous rendra la paix quand la paix nous a fui?...

Qui remettra la force où nos lâches faiblesses
Laissaient entrer la haine, et le doute et l'ennui?...

Anges du malheureux, de Vincent les élèves,
C'est de vous aujourd'hui que viendra le secours;
A des biens fugitifs nous rattachons nos rêves,
Pour des biens infinis vous dépensez vos jours.
Le peuple vous connaît, le peuple vous admire,
Il sait de quels hauts rangs souvent vous descendez;
Le soldat fièremen sur vos genoux expire,
Il sait dans quels assauts toujours vous commandez;
Mieux qu'en tous ses amis, le pauvre en vous espère :
Votre tact est plus sûr, vos regards plus humains.
Parmi ses messagers, le riche vous préfère :
Ses dons doublent de prix en passant par vos mains.
A vous revient de droit la mission féconde
D'élever nos désirs, d'ennoblir nos labeurs :
C'est par sa charité que Dieu sauva le monde,
Et c'est la charité qui vous nomma ses sœurs.

II

Charité ! mot sublime, universel Dictame,
Ta place est bien choisie aux lèvres de la femme :
Les sucs les plus exquis, Foi, Douceur et Beauté,
Forment le chrême à part sacrant ta royauté.
Le Christ devait ainsi prouver sa Providence,
En dotant des trésors de sa tendresse immense
Ces vierges dont le cœur, chaste et solide appui,
S'approche des humains sans s'éloigner de lui.
La Soeur de Charité visitant les familles :
C'est le rayon joyeux qui perce les charmilles,
L'abeille dans les fleurs, le parfum dans les airs,
La vestale à l'autel et la source aux déserts.

Délicats procédés, suaves tolérances,
De tous les dons de plaire elle sait les nuances;
Pour aimer ici-bas, on la voit exister :
Comme l'eau pour courir et l'oiseau pour chanter.
Dans les soins qu'elle apporte exacte à se complaire,
Elle vient sans calcul, elle part sans salaire;
Son œuvre va plus loin que notre humanité,
Et par-dessus le temps atteint l'Éternité.
Rien de ce qui séduit notre infirme nature
De son esprit réglé n'interrompt la droiture :
Nous secouons le joug, le joug la met au pli;
Nous épousons la gloire, elle épouse l'oubli;
Nous croyons aux tribuns, elle croit aux apôtres;
Nous vivons pour nous seuls, elle vit pour les autres;
Son sacrifice ajoute à son autorité,
Et son obéissance accroît sa liberté.

Vivez-vous, chercheurs d'or prodigues ou cupides,
Vivez-vous, libertins élégants ou sordides,
Et vous, êtres grossiers, dont les sens excités
N'ont que des appétits, jamais de voluptés?...
Avant l'âge vieillis, vous mourez d'indigence
Entre un désir qui tombe, un désir qui commence;

La Sœur de Charité passe faisant le bien ;
Tout bonheur qu'elle éveille est aussitôt le sien ;
Sa vie est le faisceau d'existences sans nombre
Palpitant sous son aile ou dormant à son ombre :
Elle est femme, elle est mère en face des berceaux,
Elle est ange, elle est prêtre en face des tombeaux.
Sur ses chars l'Industrie, étendant ses conquêtes,
De son âme obligeante étend aussi les fêtes ;
Plus l'espace conquis est prompt à parcourir,
Plus vite aussi, plus loin ses bienfaits vont s'offrir :
Des niveleurs du globe instruisant les manœuvres,
Du pionnier brutal elle agrandit les œuvres :
Où l'homme ne plaçait qu'un but matériel,
Sa main ouvre une issue et montre un coin du Ciel.
Mêlée à nos plaisirs qu'elle rend salutaires,
A nos maux qu'elle abrége ou nous rend nécessaires,
Elle passe au travers de nos corruptions :
Arome incorruptible et sel des nations.
Telle est, telle sera, jusqu'à la fin des âges,
Cette épouse du Christ, apte à tous les courages,
Suivant, sans que son pied jamais en soit lassé,
Le chemin douloureux où son Maître a passé...

III

Et maintenant, allez! riches et prolétaires,
Vers ce type achevé des vierges et des mères,
Allez et comprenez l'amour,
L'amour immaculé, plus fort que la nature,
L'amour qui ne meurt point avec la créature,
Et suit l'âme au divin séjour.

Il est temps de sortir des routes sans issue
Où s'enfonce aujourd'hui l'humanité déçue.
Vivant des jours sans lendemains,

Plus la science agit sur les faits accessibles,
Plus elle doit monter aux causes invisibles :
Les savants appellent les saints.

Exploitant la matière et sa force brutale,
Nous ignorons encor quelle puissance exhale
L'esprit doublé par la vertu.
Quand l'émeute en nos murs grondait folle et terrible,
Qui de Sœur Rosalie ou du bronze insensible
Pour l'ordre a le mieux combattu?...

Qui chassait d'Attila les phalanges altières,
Et d'un sceptre étranger dégageait nos frontières?...
Une gardienne de troupeaux.
Et sous Sébastopol aux murailles croulantes
Qui rassurait nos camps ? De modestes servantes :
Cœurs de femmes, cœurs de héros.

Ah! nos fils auront droit d'accuser nos mémoires,
Si l'élément divin est absent de nos gloires,
Si la foi manque à nos progrès.

Le sol où lèveront nos moissons déposées
Veut l'amour pour soleil, nos larmes pour rosées,
Notre meilleur sang pour engrais;

Mais des pleurs et du sang sans fiel et sans souillure,
Jaillissant de nos corps que la souffrance épure,
Comme des flancs de Jésus-Christ.
Cette œuvre, elle est la vôtre : humbles fleurs du Calvaire,
Votre parfum béni s'accroit dans l'atmosphère,
Quand on vous brise et vous meurtrit.

IV

Dressez vos tentes dans nos villes ;
Heureux les lieux où vous passez !
Opposez aux œuvres serviles
Vos labeurs désintéressés.
Encore un jour ; au bout du globe,
Tous les chercheurs portant leurs pas,
Verront le sol qui se dérobe
Sous leurs leviers et leurs compas...
Soyez, sur vous l'espoir se fonde,
Ces messagers d'un meilleur monde,
Dont Jacob, aux songes bénis,
Suivait la marche triomphante
Sur une échelle éblouissante
Liant la terre au Paradis.

Frappez l'argent à l'effigie
De l'éternelle charité,
Du crédit la source élargie
Inondera l'humanité.
Prouvez au riche, qui l'oublie,
Que Dieu lui donne pour donner;
Au pauvre, dont la vertu plie,
Que s'il n'a rien il doit gagner.
Votre œuvre intelligente et sainte,
Doublant la force, aidant la plainte,
Répond à nos vœux aujourd'hui :
De tous les maux qu'il doit connaître
Votre exemple rend l'homme maître,
En le rendant maître de lui.

Courez, compatissantes femmes,
Où l'on souffre, où l'on va mourir;
Pansez les corps, sauvez les âmes,
Que de malheurs à secourir!...
Le captif secouant ses grilles,
L'exilé pleurant son pays,
Les orphelins sans leurs familles,
La veuve qui n'a plus ses fils.

Vers tous, passez comme un Pactole,
L'or dans la main, dans la parole,
Dans le sourire et dans les yeux.
Vos cœurs, tenant de la sagesse
L'art de prolonger leur jeunesse,
A tout âge font des heureux.

Entrez surtout dans la demeure
Où pour refaire un innocent
Le repentir cherche son heure
Et la grâce divine attend.
Notre faiblesse est notre excuse.
Combien tombent sans le savoir,
Que sans pitié le monde accuse,
Et qu'un mot rendrait au devoir !
Sous l'orage une fleur s'abaisse,
Sous la brise elle se redresse ;
Avertissez sans condamner.
Pour bien juger il faut apprendre ;
La vertu qui sait tout comprendre
Devient plus prompte à pardonner.

V

De l'arche du salut colombes messagères,
Apportez l'olivier au milieu de nos guerres;
Priez pour ceux qui n'ont jamais prié,
Souffrez pour ceux qui n'ont point expié.
J'ai dit de vos vertus l'angélique croisade;
J'ai dit les vains tourments de ce siècle malade ;
Oiseaux bénis, aux présages si doux,
Ne quittez pas nos toits où chacun vous réclame :
Tous les beaux jours du cœur, tous les printemps de l'âme,
Si vous partiez, partiraient avec vous.

Peu d'entre nous, sans doute, à votre œuvre fidèles,
Pour atteindre le Ciel savent prendre vos ailes;
Tous ont du moins pour votre auguste emploi
Ce saint respect qui précède la foi.
Admirer c'est déjà croire au bien que vous faites;
Et l'acte de désir, dans les âmes honnètes,
N'est jamais loin du devoir accompli.
L'exemple est de nos jours l'enseignement suprême :
Le plus grand nombre manque aux serments du baptême,
Par un excès d'ignorance ou d'oubli...

Voici que nous marchons à la terre promise;
Peuples civilisés, il nous faut un Moïse :
La Charité guidera notre essor
Dans le désert où nous errons encor.
Sans elle que devient la liberté sur terre?...
Plus l'homme s'affranchit, plus l'ordre est nécessaire :
Nul n'est sujet où tous se sont faits rois.
Sœurs du pauvre et des grands, vous seules savez vivre
Sous le joug du devoir, heureux joug qui délivre;
Vos pas sont sûrs et vos sentiers sont droits.

VI

Nous vous suivrons; de vous, race forte et choisie,
S'inspireront longtemps l'art et la poésie,
Ces leviers surhumains élevant le niveau
Des peuples où l'on cherche et l'on comprend le beau.
Nous vous suivrons; en vous le progrès se résume;
L'Être qui fait du bien sa règle et sa coutume,
Du bonheur ici-bas réalise la loi :
Vivre content d'autrui, vivre content de soi.

Comment douter du rôle où ce siècle vous porte ?
La France n'est plus seule à vous servir d'escorte ;
Les pays les plus fiers, de vos succès jaloux,
Pour vous former chez eux ont pris leçon chez nous[1].
Le monde dans la nuit qui l'environne encore
Pressent à votre vue une prochaine aurore ;
Rassasié des dons du corps et de l'esprit,
Il vient vous demander le don de Jésus-Christ,
Le don du Dieu fait homme expliquant en lui-même
De l'âme et de la chair l'inquiétant problème,
Du Dieu qui nous apprend, par ses propres douleurs,
La valeur infinie et du sang et des pleurs...

Accourez donc en foule, et circulez sans cesse.
De tout l'amour divin doublez votre tendresse.

1. On se souvient de l'initiative prise par quelques dames anglaises protestantes, sous la conduite de Miss Nightingale, lors de la guerre de Crimée. On annonce aujourd'hui que plusieurs de ces dames si dévouées, voulant continuer leur généreuse entreprise, vont se constituer en communauté avec l'autorisation du gouvernement anglais. On ne peut qu'applaudir à de telles vocations, et former des vœux ardents pour que ces nouvelles concurrentes de nos bonnes sœurs de charité, en partageant leur dévouement, partagent aussi bientôt la foi qui seule les soutient, les préserve et les récompense.

Dans vos poitrines d'or, séjour de grands desseins,
Portant, avec vos vœux, Celui qui fait les saints[1] :
Descendez du Carmel aux radieuses cimes,
Sous vos pieds vont surgir des légions sublimes,
Faisant brèche aux remparts qui couvrent nos défauts,
Par un siége savant et de vaillants assauts.
Déjà le nombre est grand de vos dignes émules;
L'élite de la France assiége vos cellules;
ROSALIE a lié plus de rois à son char
Que n'en liaient jadis Alexandre et César.
Répondez à l'élan qui partout vous accueille :
Quand l'amour a semé, c'est la foi qui recueille;
Et les peuples instruits, mûrs pour la Charité,
Sont près de leur salut : près de la Vérité.

1. L'Eucharistie, réalisation du plus grand dévouement qui se puisse concevoir, est le fondement, la racine, l'aliment indispensable du dévouement de la Sœur de charité.

TYP. J. CLAYE, R. SAINT-BENOIT, 7.

www.ingramcontent.com/pod-product-compliance
Ingram Content Group UK Ltd.
Pitfield, Milton Keynes, MK11 3LW, UK
UKHW020440220726
13923UKWH00005B/2242

9 782019 270223